너를 만나면
더 멋지게 살고 싶어진다

너를 만나면
더 멋지게 살고 싶어진다

용혜원 신작시집

나무생각

나는 하나님을 사랑한다

나의 가족을 사랑한다

나의 시를 읽어주는 독자들을 사랑한다

그리고 모든 사람을 사랑하며,

감사하고 싶다

2 그리움, 꺼지지 않는 불빛

3 삶, 절망과 희망의 갈림길

1 사랑, 슬픔과 기쁨 그리고···

⋮

너를
사랑한다는 것은
나의 삶에서
가장 고맙고
귀한 선물이다

내 사랑이 시작되었을 때

내 사랑이 시작되었을 때
나는 깨닫지 못하고 있었다

내 마음속에서 길러낸 사랑이
감당할 수 없도록 불이 붙어
열병에 시달렸다

내 마음에 불을 밝게 켜놓았을 때
슬프게 만들어놓았던 것들은 사라지고
삶이 기쁨의 색깔로
채색되기 시작했다

나에게 주어진 사람이라면
깊은 사랑의 수렁 속에
내 목숨을 다 던져놓고 싶었다

뒤틀리지 않고
아무런 막힘이 없는
사랑을 하고 싶다

아무것도 잃지 않고
아무런 거침이 없는
사랑을 하고 싶다

아무런 버거움 없이 자유롭고
너와 나 우리, 서로
벗어날 수 없는 사랑을 하고 싶다

너는 내 사랑의 출발점이다

너는 내 사랑의 출발점이다

눈으로만 찾지 말고
마음으로 더듬어 보면
내 마음을 알 수 있을 것이다

웅크리고 닫혀버린 마음에
피멍이 지도록 그리움만 가득하면
무슨 소용이냐

정 붙이고 살아야지 사랑하며 살아야지
오랫동안 만남과 헤어짐을 반복하고
마음의 골만 깊어지도록 생각한들
다 무슨 소용이냐
마음만 심란해지고 서글퍼지기밖에 더하겠느냐

나만 너를 사랑하는 줄 알았는데
너도 나를 사랑하고 있었구나

나만 너를 그리워하는 줄 알았는데
너도 나를 그리워하고 있었구나

너를 만나 가슴 깊이 품어가며
언제나 마르지 않고 시들지 않고
서로를 반겨주는 사랑을 만들어가고 싶다

관심

늘 지켜보며
무언가를 해주고 싶었다

네가 울면 같이 울고
네가 웃으면 같이 웃고 싶었다

깊게 보는 눈으로
넓게 보는 눈으로
널 바라보고 있다

바라보고만 있어도 행복하기에
모든 것을 포기하더라도
모든 것을 잃더라도
다 해주고 싶었다

너를 만나면 더 멋지게 살고 싶어진다

너를 만나면
눈인사를 나눌 때부터
재미가 넘친다

짧은 유머에도
깔깔 웃어주는 너의 모습이
내 마음을 간질인다

너를 만나면
나는 영웅이라도 된 듯
큰 소리로 떠들어댄다

너를 만나면
어지럽게 맴돌다 지쳐 있던
나의 마음에 생기가 돌아
더 멋지게 살고 싶어진다

너를 만나면
온 세상에 아무런 부러울 것이 없다
나는 너를 만날 수 있어
신난다

너를 만나면
더 멋지게 살고 싶어진다

그대 마음에 스며들듯
사랑할 수는 없을까

그대 마음에 스며들듯
사랑할 수는 없을까

세월이 흘러가고 나면 남는 것은
후회뿐일지도 모르는데
눈치 보며 도사리고 앉아
남은 세월 다 흘려보내지는 말아야 한다

내 마음을 따스하게 일깨워주는
그대를 만남이 얼마나 고마운지
가슴이 뭉클해진다

체온보다 더 뜨겁게
마음의 온도를 높이며
부드러운 몸짓으로
친밀하게 다가가야 한다

새순 돋는 봄날 햇살마냥
따뜻하고 포근하게 설레임과 떨림으로
진실을 깨달아가야 한다

사랑 속에 빠져들어 한없이 원없이
사랑한다면 후회는 없을 텐데

그대 마음에 스며들듯
사랑할 수는 없을까

오직 하나

내가 분명하게 말할 수 있는
오직 하나는
그대를 사랑한다는 것입니다

세상의 모든 것이 변하고
세상의 모든 것이 떠나가고
세상의 모든 것이 흔들려도

늘 변하지 않고
내 가슴을 적셔오는
그대와 사랑을 나눌 것입니다

그대는 내 마음에 스며들어
터지도록 설레게 만들고
미치도록 그립게 만들어놓습니다

내가 사랑할 수 있는 사람은
그대뿐입니다

내가 분명하게 고백할 수 있는
오직 하나는
그대를 사랑한다는 말입니다

화창한 봄날

화창한 봄날
나무들의 가슴속에 숨겨두었던
속엣말을 다 털어놓자
꽃들의 열꽃이 다 터졌다

꽃잎이 바람 끝에서
파르르 떨고 있다

소름 돋도록 외로웠던
내 마음을 열고
또박또박 걸어와 사랑을 꽃피워 놓는다

그대 마음에
깊이 파고들어
깨물면 팍 터져버릴 것 같다

매서운 겨울 찬 바람에
상처가 남은 가지마다
봄꽃이 만발하게 피어나듯
내 마음의 상처마다 사랑의 꽃이 피어난다

나 가난하게 살아도

나 가난하게 살아도
그대를 사랑할 수 있다면
아무런 후회가 없습니다

홀로 있으면
어찌나 슬프고 외로운지 알기에
그대를 사랑합니다

온몸이 저리도록 만들고
마음이 울릴 만큼 흔들어놓는 사람도
그대 외에는 아무도 없습니다

그대와 같이 있으면
사랑을 나누는 기쁨 속에
행복이 무엇인지 알게 됩니다

떠나가버리는 것들 속에도
사랑은 언제나 남아 있기에

내 눈에 익은 그대 모습이 좋아
그대 마음에
꼭 드는 사랑을 하고 싶습니다

순수한 사랑

피어난 꽃들은
모두 다 순수하다

날마다 은밀하고 미묘한 일들이
수없이 일어나
순수함이
사라진다고 말하기 시작했습니다

그러나 사랑에 순수함이 사라진다면
세상은 곧 비극적인
종말을 고하게 될 것입니다

사람들에게는 누구나
아무에게도 속일 수 없는
깨끗하고 순수한 감정이 살아 있습니다

거짓에 노출되지 않고
욕망에 노예가 되지 않고

마음에서 우러나는 사랑이
순수한 사랑입니다

혼자 생각

눈뜨면 보이지 않는
그대가
눈감으면
어느 사이에
내 곁에 와 있습니다

그대가 사랑스럽다

나의 마음 가까이
다가와주는 그대를 보면
너무나 사랑하고픈 마음이 돋아난다

숱한 날들을 냉가슴 조이며
그대를 만나려고 고민했는데
그대가 내 안에 있어
내 마음을 파도치게 한다

내 마음속에 숨어 있던
사랑을 마음껏 표현할 수 있을 때
그대가 사랑스럽다

내 마음에 깊어만 가던 고독을
따사롭고 포근한 손길로 어루만져줄 때
그대가 사랑스럽다

외로운 가슴과 가슴이 만나
새순 돋듯이 사랑을 나눌 때
그대가 사랑스럽다

외로우면 외로울수록
슬픔과 아픔을 잊을 수 있도록
사랑의 불씨로 타오르는
그대가 사랑스럽다

내가 그대를 사랑하는 이유

내 사랑을 속삭일 수 있는
그대가 있어 나는 행복합니다

내가 그대를 사랑하는 이유는
젊음의 열정이 가득한 시절에
이 세상에서 내가 사랑하고픈 사람인
그대를 만났기 때문입니다

그대를 만난 순간
내 마음이 얼마나 요동쳤는지 알고 있습니다

그대를 만남은 내 삶의 기쁨이며
내 마음을 다 표현하며 사랑할 수 있기에
삶에 기쁨이 넘칩니다

내 가슴에 살고 있는 그대를
한순간 수많은 말로 수많은 표현으로
사랑한다 해도 언제나 부족하기만 할 것입니다

그대와 함께 하는 모든 날들과 모든 시간들 속에
아름답게 이루어갈 수 있는
사랑이 되기를 기도합니다

내가 그대를 사랑할 수 있음은
그대가 내 사랑을 받아주었기 때문입니다

천천히 아주 천천히

그대를 놓쳐버릴까
내 마음이 새가슴마냥
얼마나 콩콩 뛰었는지 모른다

늘 쫓기면서도 기가 질려 무기력해지고
짜증 속에 지루해져 고갈되었던 삶이
너를 만나 껑충껑충 뛰고 싶을 정도로
기쁨과 즐거움이 가득하다

호기심을 지나
불치병이라고 불러도 좋을
사랑이라는 병이 들고 말았다
우리 사랑을 마음껏 분출하고 싶다

내 심장을 뜨겁게 달구는 흥분을 가라앉히고
내 마음속 깊이 감추어두었던
은밀한 사랑을 즐길 여유를 갖고
다 표현하고 싶다

허겁지겁 서두르고 강박증에 시달리며
너를 사랑하고 싶지는 않다
천천히 아주 천천히
너를 완벽하게 사랑하고 싶다

너를 사랑한다는 것은

똑똑히 알려주고 싶었다
무엇을 원하고 있는지
왜 너를 만나려고 하는지

주위의 눈치나 살피면서
내내 걱정만 하고 싶지는 않았다
생각 속에서 뛰어내려
행동으로 옮겨놓으면
현실 속에서 이루어가기가 한결 쉬웠다

너를 사랑한다는 것이
나의 삶에서 얼마나 즐겁고
중요한 것인지를 알게 되었을 때
놀랄 정도로 나의 모든 것이 바뀌어졌다

사랑의 진정한 의미를 알기에
어떤 고통을 치르더라도
사랑을 나누고 싶다

나의 모든 것을 너에게 집중하고 싶다
나의 사랑이 부족하다면
나의 모든 것을 다 희생하겠다

너를 사랑한다는 것은
나의 삶에서 가장 고맙고 귀한 선물이다

미칠 듯이 외로운 날은

미칠 듯이 외로운 날은
따스운 피 도는
너의 손을 꼭 잡고
놓치고 싶지 않다

너와 나의 체온이 합쳐지면
혈관을 흐르는 피가 더 뜨거워져
밝은 미소를 띠우는
너의 볼이 붉게 물든다

미칠 듯이 외로운 날은
내 심장 한복판까지
너의 향기가 몰려와
너를 거세게 와락 껴안고 싶다

바보야 이 바보야

바보야 이 바보야
어찌해 마음에도 없는 사랑에 빠져
짙은 고독 속에 갇혀 피멍 든 가슴만 쥐어짜며
너만의 몸짓으로 울고 있느냐

눈길 한 번 안 주는데
옥죄는 안타까움에 무너지는 가슴을 안고
아파만 하고 있느냐

바보야 이 바보야
숨길 것 하나 없는
순수한 사랑 속에 희망을 그려낼 수 있다면
얼마나 좋으냐

가슴에 뭉친 응어리도 던져버리고
꺼칠해진 얼굴도 한 겹씩 벗겨내고
갑갑했던 마음을 다 풀어내도 좋을
사랑을 하면 얼마나 좋으냐

바보야 이 바보야

그냥 바라만 보아도 좋을

꿈꾸어오던 사랑이면 좋을 텐데

비 뿌리고 떠나간 바람처럼

건너갈 수 없는 사랑에 빠져

서러움만 남아 늘 괴로워한들 무슨 소용이냐

아주 달콤한 사랑

너를 보고 있으면
새가슴이 되어 콩콩 뛰고
설레임이 파도쳐 밀려온다

너에게만은
못다 한 사랑의 허물을 다 벗겨서
내 가슴이 내내 아프더라도
아주 달콤한 사랑을 하고 싶다

내 사랑은
유혹하는 혀 밑에서 녹아내리는
순간적인 쾌락의 사랑이 아니라
삶 속을 파고들어
모든 걸 받아주고
순수하게 지켜줄 수 있는 사랑이다

서로의 만남이 아무런 후회가 없기에
갖고 있는 모든 것을 다 주어도
더 퍼주고 싶어진다

내 사랑은 이 지상의 삶 동안에
늘 변치 않고 동행하여 주기에
끈처럼 묶여 있어도 아무런 불편이 없다

내 사랑은
아주 달콤한 사랑이다

가을밤에

가을밤에 흔들리는 것은
갈대가 아니라
바로 내 마음이었다

내 머릿속에서 벌어지는
생각들의 다툼 속에서도
그대 얼굴만은 아주 또렷하게 보인다

허무한 탓에
고독을 오래 품고만 있을 수 없어
감당하기 어려운 사랑에라도
빠져들고 싶다

사방이 꽉 막혀버린 것만 같은 답답함에
내 마음이 자꾸만 조급해져서
머쓱한 모습으로라도
그대가 나타나주기를 바란다

가을밤에 스치는 바람 소리 때문에
울지도 않았는데 목이 잠겨버렸다
창밖을 바라보았더니 비가 내린다
왠지 자꾸만 울고 싶다

내 생각 속에서나마
네가 아주 선명하게 보인다
나는 잠들지 못했다

그대를 떠나보내고

떠나가려면
아주 멀리 떠나가라
나의 삶은 길고 긴 여행이 아니기에
언젠가는 잊혀질 것이다

너를 잊으려고
떠나가는 너에게
아무런 말도 하지 않았다
너를 잊으려고
어떤 약속도 하지 않았다

우리 사랑은 순수했기에
떠나보내면서도 웃을 수 있었다

세월이 흘러가면 갈수록
보고 싶은 것을 막을 수는 없다
살아가다 보면 다시 만날 수 있을 것이다

내 마음이 분홍빛으로 물들도록
사랑해주었던 순간들이
너무나 행복했다

너는 떠나고 말았는데
사랑을 다시 반복하고 싶다

늘 내 가슴에 번져오는 사랑

그리움을 갖고 살면
때로는 보고픈 마음이 한꺼번에 몰려와
어찌할 수 없는 괴로움에 빠져들어도
인연의 끈을 놓지 못하고 살아갑니다

내 심장 속을 외로움이 파고들면
시련으로 얼룩진 상처가 남아 있어도
늘 간절함에 사로잡혀 있어서
오래도록 잊지를 못하겠습니다

늘 애잔하게 흔들리며
외로움에 슬퍼하며 살아가도
사랑하는 사람이 있다는 것은
참 고마운 일이어서 잊을 수가 없습니다

늘 내 가슴에 번져오는 사랑이 있어
다시 마주쳐 보고 싶은 마음이 남아
이대로 무너져 내리고 싶지 않습니다

떠돌이만 같은 삶에 그대가 있어
미련과 애착이 남아
깊은 애정이 생겨납니다

사랑의 아픔을 느낄 때

가시에 생살을 깊이 찔려보아야
가시의 독기가 얼마나 아픈지 알 수 있습니다

뼈아픈 이별보다
사랑하는 마음을 표현하지 못해
터질 듯한 가슴을 단 한 번도 열지 못하고
바라만 보면서도
만날 수 없을 때가 더 고통스럽습니다

절망을 전해듣고 아는 것보다
절망에 중독되어 신음해보아야
그 고통의 의미를 알 수 있습니다

못다 이룬 사랑을 그냥 그대로
스쳐 지나가게 할 수 없는
안타까움이 얼마나 아픈지 알고 있습니다

다시는 만날 수 없도록
멀리 떨어져 있을 때
다시는 고칠 수 없도록
찢겨진 마음이 되어 있을 때가
더 절망스럽습니다

아직도 다 그려놓지 못한
사랑의 안타까움에
피눈물을 흘리며 살아갑니다

살아서 사랑하지 못한다면
죽어서라도 사랑하고 싶다고 말하겠지만
지금 이 순간만이라도
온몸을 다 맡기고 사랑하는 것이
더 행복할 것입니다

2 그리움, 꺼지지 않는 불빛

:

그대가
보고픈 날은
시간의 틈새로
그리움이
흘러내립니다

내 생각의 모서리에
늘 앉아 있는 그대

내 생각의 모서리에
늘 앉아 있는 그대가 있다

늘 허둥대며 지쳐 있어도
그리움을 숨길 수 없다

다정한 눈빛에 늘 가슴이 설레고
떨어져 있는 고통에 깎아져 내린 가슴엔
언제나 그대가 남아 있어
늘 서둘러서 만나고 싶다

가을날 쏟아지는 햇살에
알밤이 익어가듯 사랑을 하고 싶다
보고플 때면 가벼운 리듬을 타고 달려가
이마를 맞대고 얼굴을 보고 싶다

그리움을 견디려고
내 가슴의 끈을 다 졸라매도

여름날 가뭄처럼 타올라
사랑을 하지 않고서는 못 견딜 것 같다

그대를 생각하면 왜 콧등이 간지럽고
웃음이 나오는지
기분이 참 좋다

그리움이 가득한 날은

네 모습이 내 마음을 움켜쥐고
마구 흔들어놓아
그리움이 가득한 날은
외로움이 더 몰아쳐온다

서러움에 눈물이 흐르고
마음의 갈피마다
사랑의 꽃잎이 피어난다

금방이라도 너를 만나
가슴 맞비비며
사랑을 나눌 수 있을 것만 같은데
아득한 고독의 벼랑으로
한없이 떨어져버린다

너를 사랑하기에
가슴에 차곡하게 쌓여 있는
그리움의 자리를 떠나지 못한다

너를 보고 싶어 견딜 수 없어
그리움 속에 투망을 던져
너를 끌어당기고 싶다

너를 만나지 못한 아쉬움에
그리움이 가득한 날은
온 세상이 다 젖도록
소리 내어 엉엉 울고만 싶다

너를 어떻게 하면 좋으냐

늘 내 마음에 곱게만 다가오는
너를 어떻게 하면 좋으냐

늘 그리운 너를 안고 싶어
가슴이 저려오는데
너를 어떻게 하면 좋으냐

잔잔하던 내 마음을 흔들어놓아
다가가면 뒷걸음치고 달아나는
너를 어떻게 하면 좋으냐

멀어지면 슬며시 다가와
내 마음의 빈틈에 찾아드는
너를 어떻게 하면 좋으냐

사랑의 불씨를 담고 있을 수 없어
마구 사랑하고 싶은데
너를 어떻게 하면 좋으냐

네 마음에 내 마음을 내려놓고
마음껏 사랑하고 싶은데
너를 어떻게 하면 좋으냐

빗속을 걸어가고 싶다

빗속을 걸어가고 싶다
비 오는 날이면
빗줄기 속에서 너의 목소리가 들린다

비 오는 날이면
그리움이 몰아쳐와
어디론가 떠나고 싶다는
너와 같이 걷고 싶다

속태우고 괴롭히던 것들을
빗줄기 속에 모두 흘려보내고 싶다

비에 젖은 몸이 마를 때까지
너와 함께 절절했던
사랑 이야기를 나누고 싶다

비를 맞고 빗속을 걸어도
아쉬움만 남는 시간들 속에서
이 얼마나 귀한 일인가

빗속을 걷고 있으면
어느새 우리 가슴이 따뜻해져
심장이 뛰고 있는 것을 알게 된다

그대가 기다려질 때

어둠의 무게를 서서히 느끼기 시작하는
노을빛이 물드는 시간
외로움이 밤안개로 자욱해져오면
그대가 기다려집니다

밤이 오면 내 마음은
쉴 공간이 그리워 쓸쓸해져
내 마음의 물꼬를 터줄
그대가 기다려집니다

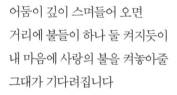

어둠이 깊이 스며들어 오면
거리에 불들이 하나 둘 켜지듯이
내 마음에 사랑의 불을 켜놓아줄
그대가 기다려집니다

고독이 온몸에 가득하고 목까지 차오르면
내 모든 슬픔과 아픔을 보듬어주고
아낌없이 사랑해줄
그대가 기다려집니다

그대가 보고 싶습니다

그대가 보고 싶습니다
그리움이 내 마음을 맴돌면 맴돌수록
그대 모습이
너무나 또렷하게 보입니다

그리움에 목이 메어
내 마음을 수없이 헹궈내도
달려가고픈 마음을 막을 수 없습니다

멀리 떠나가버린 서러움 때문에
시름에 잠겨 아픔의 끝에 이르면
설움이 온몸에 배어들어 울음만 쏟아져 내려
그리움의 심지에 불을 켜놓습니다

생각 속에 치렁치렁 걸어두었던
아쉬움을 다 거둬버리고
아직도 남아 있는 내 마음의 빈터에서
웃으며 돌아섰던 그대 모습을
다시 만나고 싶습니다

멀어지면 멀어질수록 텅 비어버리고
황망해지는 마음을 어쩔 수 없어
절망이 내 발목을 물어뜯더라도
숨차오는 발걸음을 내딛어서라도
마구 달려가 그대를 껴안고 싶습니다

 가 닿을 수 없는 사랑

한순간도 내 마음은
너를 잊은 적이 없다
한순간도 내 생각은
너를 떠난 적이 없다

네 생각이 내 마음을 늘 파고들고 있지만
너는 나에게 가 닿을 수 없는
사랑이 되고 말았다

나는 언제나 너를 사랑하고 싶은데
너는 순간마다 내 마음속을
언뜻 스쳐 지나가듯 지나가버리고
내 마음에 언제나 함께 하기를 원하지 않는다

나는 끝까지 변하지 않을 수 있는데
나는 끝까지 견딜 수 있는데
세월이 흘러가고
모든 것들이 변해가는 것이
안타까워 가슴이 저리다

이룰 수 없고 가슴만 저리는 사랑이기에
늘 안타까움에 애간장만 녹아내리고
그리움이 한 폭의 그림이 되어
내 가슴에 남는다

그대를 다시 볼 수 없다면

늘 떠돌며 살다가도
그대를 만나면 반가움에
오금이 저려오고 마음이 불타올라
서로의 갈등을 풀고
사랑만 하려 했습니다

마음을 주고받으며
사랑을 나누면 행복만 다가올 줄 알았는데
마음도 제대로 섞지 못하고
그대는 떠나가버렸습니다

떠남의 슬픔이
깊은 어둠 속에 빠져 있는 듯
이리도 크다면
사랑하기를 원하지 않았을 것입니다

그대를 다시 볼 수 없다면
내 눈앞에 보이는 모든 것들이
나에게 무슨 기쁨을 주겠습니까

내 온몸을 으깨어 흠뻑 젖어들도록
그대를 사랑하고 싶었습니다
그대가 떠난 후에는
그 사랑이 도리어 골수에 사무쳐
고통스런 병이 되고 말았습니다

그대를 다시 볼 수 없다면
나에게 있는 모든 것들이
나에게 무슨 행복을 주겠습니까

삶에 아픔이 찾아왔을 때

잊고 있었다
까마득한 지난날에 있었던 이야기로
삶의 건너편에 던져두고
다시는 열지 않으려 했다

아무것도
남겨놓지 않은 줄만 알았다

너는
내 기억 속에
고스란히 남아 있었다

삶에 아픔이 찾아왔을 때
네 생각이 났다

고통에서 벗어나려고 몸부림을 치다가
기억을 더듬어 무언가를 열심히 찾다가
너를 다시 생각했다

진한 그리움 때문에
나는 더 몸부림치게 아팠다
내가 다시는 다가갈 수 없는 곳으로
네가 떠나고 없었다

미련

가까이 다가갈수록
도망쳐 버리는데도
가물가물하게 남아 있는 흔적 때문에
마음이 떠나지 못하고 있다

다시 돌아갈 수 없도록
이미 다 끊어져 버렸는데도
혹시나 하는 생각에
애태우며 발만 동동 구르고 있다

벗어나야 하는데도
헤어나야 하는데도
어찌하지 못하고 있다

따순 손목을 다시 잡고 싶은 것을 보면
무척 사랑했나 보다

못 고칠 병이 들었는지 마음이 아픈데도
행복한 얼굴로 다시 만나고 싶다

기억하고 있으면 무엇 하랴

잠깐 스쳐 지난 것처럼
쉽게 잊어버리지 않으려고
내 눈과 마음속에 다채롭게 새겨놓았다

내 마음의 여백보다
금방 생각이 솟아나도록
기억을 끄집어낼 수 있도록 만들어놓았다

찾아 헤매기 싫어
느낌을 넓혀놓았다
잊지 않으려고
몸 전체를 움직여 기억해놓았다

줄줄이 기억하고 있으면 무엇 하랴
모든 사랑의 실마리를 놓치고 말았다
추억 속을 어슬렁거려보아야
무슨 소용이 있겠는가

떠난 후에는 아무런 소용이 없다
내 마음이 텅텅 비어
빈 마음이 되어버린다

그대가 보고픈 날은

그대가 보고픈 날은
시간의 틈새로
그리움이 흘러내립니다

마음이 여린 나는
그대를 생각하며 울 때도 많았습니다

늘 내 곁에 와 머물고
내 마음을 흔들어놓는
그대를 떨쳐버릴 수가 없습니다

몸이 아픈 날은
그대의 순한 눈망울이 자꾸만
내 가슴에 파고들어
진한 그리움에 빠져버립니다

그대가 보고픈 날은
모든 길을 다 걸어서라도
그대 곁으로 가고 싶습니다

내 마음이 항상
그대에게 기울어 있기에
그대 곁에 남고 싶습니다

그대를 보고 있으면
내 마음에

그대의 미소가 번지기 시작합니다

장마비가 내릴 때면

어둠 속에서
장마비가 세차게 쏟아져 내릴 때면
그 빗속을 헤치며
어디론가 달아나고 싶어집니다

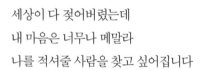

세상이 다 젖어버렸는데
내 마음은 너무나 메말라
나를 적셔줄 사람을 찾고 싶어집니다

비가 내리면 내릴수록
세월의 한 모퉁이에 쪼그려 앉아 있는 나는
갈증이 더 심해집니다

온 세상이 젖을 대로 다 젖고
흘러내릴 대로 다 흘러내리는데
왜 하늘은 사랑을 쏟아내려 주지 않고
비만 쏟아내려 주는 것일까요

장마비가 내릴 때면
외로움이 더 가득해져옵니다

쏟아져 내리는 세찬 빗소리보다
아주 작은 목소리일지라도
그대와 속삭이고 싶어집니다

외로운 날이면

외로운 날이면
그 외로움이 온몸을 덮어와
온밤을 뒤척이며
그리워하는 이가 있습니다

내 마음은
늘 사랑하는 이를 따라
나서고 싶어 하지만
이렇게 멀리 떨어져 있어
그리 할 수 없음이
더 괴롭고 안타까울 뿐입니다

우리가 서로 뜨거운 숨결로
사랑하는 마음을 알 수 있기에
만나면 마음이 잘 통하는 것입니다

외로운 날이면
왜 더 그리워지는 것일까요
세상이 다 떠내려가도록
쏟아져 내리는 비가
내 눈물만 같아 더 슬퍼집니다

외로운 날이면
사랑한다는 것이
이토록 내 가슴을 사정없이 때리고
고통으로 다가옵니다

절망이 온몸에 화살을 쏘아대는 날

절망이 온몸에 화살을 쏘아대는 날

파도치는 바닷가에
홀로 서 있으면
쓸쓸함이 얼마나 가슴을
아프게 만드는가를 알 수 있다

어둠이 더 짙어질수록
파도가 치면 칠수록
서러움만 가득해지고
그리운 사람이 가슴에 뭉쳐온다

쓸쓸한 파도는
내 마음에서도
더 세차게 몰아쳐
혼자라는 쓸쓸함을
뼛속 깊이 느끼게 한다

사랑할 시간이 아직 남아 있다면

누군가를 사랑하며
그리움을 마음 깊숙이 담고
살아가는 것도 행복합니다

때로는 모두 다 날려보낸
빈 둥지 같은 삶에
그리울 것도 없이 살아간다면
삶이 얼마나 허무하겠습니까

사랑할 때는
그대가 언제나
내 곁에서 지켜줄 것만 같았는데
떠나고 나니 슬픈 기다림 속에
그리움만 남아 있습니다

그대가 보고픈 날은
고운 빛깔로 피어나는
그리움에 날개를 달아
그대 곁으로 날려보내겠습니다

우리가 사랑할 시간이 아직 남아 있다면
아침 이슬에 흠뻑 젖어
행복해하는 풀잎처럼
그대 사랑에 흠뻑 젖어 살고 싶습니다

창을 열면 가을이 보인다

떠나가는 시월에
창을 열면 가을이 보인다

네 안에 고여 있는
고독이 한순간 터져나와
마음에 홍수를 만든다

푸른 하늘 아래
사무치게 밀려드는 그리움 속에
유혹의 손길이 가득하다

잎새마다 홍건히 가을이 배어 있는
갈색 나무의 모든 실핏줄이 다 터졌나보다
온 세상을 갈색으로 물들여놓는다

왠지 고독이 가슴에 멍울져
창을 열면 가을이 보여
그리움이 몰려온다

생각을 추슬러 흩어져 있던
기억들을 불러모으면
네가 올 것만 같다

너와 함께 가을빛에 물들어
사랑을 태우고 싶다

그대를 볼 수 없는 날은

그리움의 안개가 걷히면
그대를 볼 수 있을까
굳어져가는 기억 속에서도
생각은 넘쳐난다

만날 수 없는 고통이
너무 아프게 가슴팍을 찔러오는데
아무에게도 말할 수 없는
고독의 아픔이 못을 뺀 자국마냥
온몸을 쑤셔온다

그대 마음의 창이 굳게 닫혔는지
아무런 기별이 없다

내 간절한 그리움이 고스란히
사랑으로 꽃피울 날이 있을까

얼마나 그리워하며 살았으면
온몸을 벽에 걸어놓아도
될 정도로 야위었을까

그대 볼 수 없는 날은
고독의 자락에서 벗어나
단잠이나 청해 만나볼까
이리도 그리운데
살다보면 문득 생각이나 만나지 않을까

그대 볼 수 없는 날은
시원스레 비라도 쏟아져 내려
내 마음이라도
그대에게로 흘러 흘러 가야 한다

그대가 멀리 있을 때

그대가 떠난 지 오래되어도
아무도 내 마음에 틈새를 채워주지 못해
사랑을 새롭게 시작하지 못했습니다

꽃피우지 못한 사랑이 안타까워
떠나보내지도 못했는데
그 향기가 너무나 짙어
그대가 없는 곳에서
절망할 수밖에 없었습니다

내 손으로 그대를 붙잡지 못한 채
나 홀로 몸부림치기가 싫었습니다
괴롭히는 모든 것에서 벗어나
그대를 만나 사랑하고 싶습니다

눈을 감고 바라보는 밤하늘에는
늘 별이 떠 있듯이

내 마음에 그대가 늘 파고들었습니다

그대가 멀리 있으면 더 그리워집니다
그대가 멀리 있으면 더 보고파집니다

나는 늘 그대에게로
가까이 다가가고 싶었습니다
그대가 없는 삶은
나에게 아무런 의욕도 주지 못했습니다

3 삶, 절망과 희망의 갈림길

．
．
．

삶의
외진 길에서
그대를
만날 수 있음은
행운입니다

내 삶은 너를 찾아 떠나는 여행

내 삶은
너를 찾아 떠나는 여행이다

삶이 힘들고 지치도록
숨 가쁘게 수많은 언덕을 오를 때도
너를 만나면
내 길이 환하게 열렸다

네가 있으면
내 마음을 마음껏 펼칠 수 있어
내 몸 가득 행복이 파도쳤다
내 사랑은 너를 찾아 떠난다

내 사랑의 길은
사방팔방으로 활짝 열려 있는 길보다는
나만이 찾아갈 수 있는
가장 아름다운 풍경을 만들어주는
그리움으로 열리는 길이다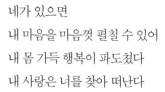

고독의 어둠이 가득한 긴 터널을 벗어나
너를 만났을 때 반겨주었고
내 마음이 꽉 차도록
행복하게 만들어주었다

살아온 날들 속에 연민이 쌓여갈 때
너를 찾아 떠나면
언제나 내 가슴이 설렌다

너를 찾아 떠나는
여행에서 만나는 길은
내 마음에 영원히 남아 있을 길이다

삶의 외진 길에서

삶의 외진 길에서
그대를 만날 수 있음은
행운입니다

이 낯선 길을 홀로 간다면
지친 걸음으로 걸어간다면
얼마나 외롭겠습니까

방향을 가늠할 수 없도록
눈보라 치는 밤길을 어떻게 걸어가며
한 치 앞도 제대로 볼 수 없는
몰아치는 폭풍우를 어떻게
뚫고나갈 수 있겠습니까

그대를 만난 후로는
모든 것들이 제자리를 찾고
마음도 안정되어
이 거친 세상을 알차게 살아갑니다

어떤 어둠과 공포에도
아무런 두려움이 없어지고
마음에는 잔잔한 평화가 흘러내려 행복합니다

삶의 거친 길에서 쫓기고 쫓기다
사랑을 말하려 할 때
그대는 벌써 내 마음을 읽고 웃고 있습니다

한여름 날

태양이 열기를 온 땅에 뿜어내는
한여름 날
탐스럽게 익어가는 포도송이를 바라보면
내 마음이 즐거워집니다

포도 알알이 태양의 열기가 스며들면
보기에도 아름다운
살아 있는 멋진 작품이 만들어집니다

익어가는 열매들을 바라보면
모든 절망이 달아나고
마음에 소망이 가득해집니다

삶은 기대하는 것들이 있을 때
기뻐집니다

숨막히도록 헐떡거려야 하는
열대야 더위로 진저리 치는
한여름 날에도
가을을 준비하며 익어가는
열매를 바라보면 희망이 가득해집니다

마음의 여유

맺혔던 가슴이 탁 풀리도록
푸른 하늘을 마음껏
바라볼 수 있을 때가 행복하다

답답했던 마음을 확 열어젖히고
초록 숲 향기를 받아들일 때
미소를 지을 수 있다

힘차게 울고 있는 벌레 소리를 들으면
머리까지 시원해지고
마음의 여유를 가질 수 있다

복잡하고 분주한 삶 속에서
나날이 피멍져오고
두렵게 여겨지는 저항의 벽을
벗어나기란 쉽지는 않지만
훌훌 벗어던지고 나면 어디든지 갈 수 있다

열심히 아주 열심히 살아가더라도
일상에서 잠시 벗어나
가끔은 빛나는 눈빛으로
하늘의 별을 바라보고
자연을 벗삼아 보아야
그 즐거움에 살맛이 난다

온 세상을 마음껏 껴안아줄 수 있는
넓은 마음과 여유를 가지고 살아야 한다

고민

미간을 잔뜩 찌푸리고
골똘히 생각에 빠져들면
구석구석에서 기어나온
온갖 잡념에 사로잡힌다

원하지 않던 것들이
찾아온 이유를 알고 싶어서
생각의 골목에서 서성이고 있다

정신이 다 나간 듯 멍한 눈
까칠해진 얼굴에
작은 소리에도 신경이 곤두서고
고통이 창자까지 꼬이도록 뒤틀어놓았다

시간이 무척 많이 흐르고 있는데도
무엇 하나 분명한 것이 없고
조롱하듯 수군대는 소리만 들린다

열 개의 손가락으로 머리를 쥐어짜도
손가락 사이로
고민이 빠져나가지 않는다

흐르는 시간보다
몇 배나 더 빠르게 움직이는
생각에 매달려 있다

먹구름이 걷히듯 고민이 사라지고
안개가 사라지듯 고민이 사라져
기쁨 가득한 삶을 살아가고 싶다

바다

늘 그리움으로 출렁이는
네가 날 사랑한다면
부끄럼 없이
내 알몸을 다 던져
널 사랑하고 싶다

사람들의 눈빛에서

사람들의 눈빛에서 따스한 사랑을 만날 때
그 마음이 내 마음에 전해져 행복해집니다

사람들의 눈빛에서 미움의 칼날을 만날 때
내 마음이 가위에 눌려 불안합니다

사람들의 눈빛에서 새로운 희망을 만날 때
그 기쁨에 손을 흔들며 환호하고 싶습니다

사람들의 눈빛에서 끈적끈적한 욕망을 만날 때
상처와 고통이 두려워 돌아서고 싶습니다

사람들의 눈빛에서 가식과 거짓을 만날 때
가슴이 점점 더 싸늘해져서 벗겨내고 싶습니다

사람들의 눈빛에서 순박함을 만날 때
내 마음도 착해져서 따뜻해집니다

사람들의 눈빛에서 절망의 아픔을 만날 때
그를 위하여 간절하게 기도하고 싶습니다

허무한 생각이 들 때

머물지 못하고 머물 수 없어
떠나가야 하는 삶인데
한없이 원없이
불타오르는 사랑을 하고 싶은 것은
욕망일까 욕심일까
재만 남는다 하여도
끝까지 타오르면 안 될까

늘 제자리를 지키며 살아왔는데
세월이 내 모든 것을
다 빼앗고 다 쓸어가버린 듯
허무한 생각이 들 때면
나를 가두고 있는 것에서 벗어나
어디론가 떠나가버리고 싶은
충동이 바람처럼 일어난다

내 몸에도 짐승의 피가 흐르는지
욕망이 끝에 다다랐는지
흘러가는 세월에 마음만 다급해져
온몸의 핏줄이 출렁거린다

내 모든 것들이
다 삭아내리기 전에
욕망을 잠재우고 싶다

도시 풍경 하나

혼자 남았을까
아파트 입구로 들어가는 길목에서
다 늙어버린 노인이 상추를 팔고 있다

밭에서 뜯어온 것일까
아픔을 뜯어온 것일까
까만 비닐 봉투에서
한 줌씩 한 줌씩 꺼내 팔고 있지만
다 팔아야 몇 푼이나 될까

잔기침을 하는데
남은 목숨을 연명하기 위해
팔고 있는 것은 아닐까
돈이라면 물불 안 가리고
눈 까뒤집고 환장하는 세상에
눈빛조차 초점을 잃고 있다

찢겨진 달력만큼이나 지나가버린 세월
깊게만 패인 주름살들이
삶의 신산함을 더해주고 있다
노인은 다 무너진 모습으로 앉아 있다

상추를 사가는 사람들은
노인에게는 전혀 관심이 없다
상추가 무공해이기만을 원했다

슬픈 생각이 들 때

남아 있는 삶을
어떻게 살 것인가
고민에 빠져들면
슬픈 생각만 든다

왠지 허무한 것만 같고
결국엔 떠나가야 하기에
발버둥쳐보아야
아무런 의미가 없을 것만 같은 생각에
마음에 고통이 느껴져
모든 것에서 떠나 잠시 쉬고 싶어진다

매일매일 무엇을 하면서
살아야 하는가
매일매일 누구를 위하여
살아야 하는가

모든 것이 다 떠나가고
모든 것이 다 사라져야 하는 서글픔에
슬픈 생각에 빠지다가도
내가 간직해온 꿈을
이루어갈 수 있다는 생각에
다시 웃음을 되찾는다

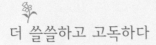
더 쓸쓸하고 고독하다

세월이 젊음을 발라내고 나면
나이가 들수록
더 쓸쓸하고 고독하다

백발과 주름이 가득하고
삶의 끝이 보이기 시작하면
팽팽하던 힘도 사라지고
몸의 온도도 내려가고
사람들의 시선도 멀어진다

삶이 투명해지기 시작하면
세상이 들여다보여 알 것만 같은데
너무도 허무하게 죽음이 다가온다

원하던 것들을 다 세워가는 줄만 알았더니
어느 사이에 다 무너져 내린다
질주할 능력이 사라지고
남아 있는 시간에 질질 끌려가고 있다

얼굴에 버짐 꽃이 피기 시작하고
욕심도 욕망도 훌훌 털어내고 나면
마냥 길 것만 같았던 삶도
동네 한 바퀴 돌아온 듯하다

삶이란 알면 알수록
더 쓸쓸하고 고독하다

나무는 말이 없다

나무는 말이 없다
모든 말을 잎으로 만들고
모든 말을 꽃으로 만들고
모든 말을 열매로 만든다

나무는 말이 없다
나무 한 그루 그 자체가
세상을 향한 커다란 외침이다

살아갈 이유를 알기에

내 마음은 아무도 모른다
나만이 알고 있다

견딜 수 없는 고통 속에 빠져 있어도
환하게 웃음 지으면
사람들은 아주 기분이 좋은 줄 안다

사랑도 때론
서로 끈을 붙잡고 있는 것만 같아
놓치고 나면 다시 잡을 수가 없다

날마다 죽고 사는 일이 반복되는데
나의 삶 한 모퉁이를
꽉 붙들어주고 있는 것은 생명이다

나는 살아 있기에
사랑하고 때론 큰 소리를 질러도 본다

나에게 주어진 삶의 시간들이
세월이 흘러갈수록 차츰 흐려져가는 것을
느낄수록 애착을 느끼며 살아간다

삶에 의미가 없다면
살아도, 살아보아도 무슨 소용이 있겠는가
살아갈 이유를 알기에
삶의 의미를 찾는다

세월은

세월은 친구도 변하게 만든다
어린 시절 같이 뒹굴고
내 것 네 것 없이 우정을 나누며
떨어질 수 없는 듯 살았다

시간이 흘러가고
삶의 틈새로 끼어든 모든 것들이
서로의 만남조차
이유를 만들고
변명을 만들고
회피를 만들어낸다

헤쳐나가기가 만만치 않은
세월이 나도 변하게 만든다

어린 시절 친구가 원하면
혼쭐이 나도록 야단을 맞아도
친구를 만났다

이제는 모든 것을 따지고 있다
지갑을 만지작거리며
친구와의 만남을 고민한다

어른이 되면 성숙해지는 것일까
약삭빨라지는 것은 아닐까

희망을 갖고 살았던 어린 시절
아무것도 따지지 않고
친구가 마냥 좋기만 했던
그 시절이 더 좋다
그 시절이 더 그립다

야간열차

전에는 야간에 열차를 타면
낭만 속을 달리는 것만 같아
창밖을 바라보며 즐겼다

나이가 들어가면서 야간열차를 타면
피곤 속을 달리는 것만 같아
뼛골이 아파 몸을 뒤척였다

내 사랑이 있는 곳
나의 쉼터가 있는 곳
가족에게 돌아갈 수 없다면
이 한밤중이 무척이나 고독했을 것이다

가족이 없다면
세상은 쓸쓸하고
늘 황량할 것이다

나른해진 몸을 쉬게 해주는
집으로 간다
나를 바라보며 씨익 웃는
아내와 아이들이 있는 곳
집으로 간다

삶에 즐거움을 갖게 하소서

일상의 사소한 일들 속에 파묻혀
늘 기가 질려 걱정에 짓눌려 살아가므로
흥미를 잃지 말게 하여 주시고
삶에 즐거움을 갖게 하소서

아무 즐거움 없이 일에 파묻혀
일벌레라는 생각 속에 끌려다니며
삶에 힘을 잃거나 낙심하지 말게 하소서

하나의 목표에 모든 열정을 다 쏟아
두려움을 견디고 이겨내며
성취하는 기쁨을 갖게 하시고
모순되는 애매한 생각들로 인해
마음이 흐트러져 번민하지 않게 하소서

여러 가지 생각들 속에서
갈등만을 만들어내거나
사소한 일에 반항함으로
일을 그르치지 않게 하소서

모든 일을 잘 감당할 수 있는 일로 여겨
즐거운 마음으로 일하게 하시고
삶 속에서 언제나 즐거움을 캐낼 수 있는
믿음을 가진 멋진 광부가 되게 하소서

가을을 느끼려면

가을을 느끼려면
코스모스가 하늘거리는
거리를 걸어가보라

외로움 끝에서 피어난
코스모스가
가을소식을 전하고 있다

가을을 느끼려면
강가로 나가 부드러운 물결로 흐르는
강물을 바라보라

하늘빛이 너무도 파래
가슴까지 젖어들고 물드는 것을 느낄 것이다

가을을 느끼려면
아직도 그리움이 남아 있는
사랑하는 이와 속삭여보라

그리움 끝을 서성이던
사랑을 깊이 나눌 수 있다

가을을 느끼려면
가슴이 저며오는
고독 속에 빠져보라

가을은 고독을 아는 사람에게
더 깊이 찾아온다

가을을 느끼려면
가슴에 젖어드는
가을바람 속을 걸어 들어가라

가을처럼 긴 여운을 남기는
계절은 없습니다

가을은 고달픈 이들에게
마음의 쉼터를 만들어줍니다

가을의 마지막 순간까지
나뭇가지에 주렁주렁 매달린
감열매 속에는
여름 햇살의 사랑 노래가 가득합니다

꽃 피는 봄과
찬란했던 여름
열매로 가득한 가을
모두 다 열심히 일했습니다

일한 만큼의 행복을 갖고 나누는
당당하고 멋들어진
자연의 이치를 배우고 있습니다

떠나기 위하여
가을 나무들이 다시 태어나기 위하여
온몸을 물들입니다

아름다움을 만드는
나무 잎새들의 마음이
감동을 만들고 있습니다

외딴 곳에서

며칠 동안 외딴 곳에서
외출도 못하고 머물고 있으니
휴식을 취하는
공간도 감옥만 같다

벗어날 수 없는
모든 것은
어디나 감옥이다

사상도
물질도
돈도
사랑도
갇혀 있으면
어디나 감옥이다

삶의 깊이를 느끼는 순간

자연 가까이 다가가 바라보면
이름 모를 풀 한 포기, 나무 한 그루,
구름 한 점에서도
참된 삶의 의미를
깊이 느끼게 되는 순간이 있습니다

아무도 돌보지 않아도
스스로 삶의 뿌리를 깊이 내리고
오롯이 살아가는 숭고한 모습을
본받고 싶어집니다

무엇 하나 강조하려고 하지 않고
있는 모습 그대로 절묘한 멋을 나타냅니다
제아무리 뛰어난 사람도 대자연 앞에서는
고개를 숙이고 겸허한 마음을 갖게 합니다

자연은 늘 욕심을 버리고 살아갑니다
자신의 몫을 다하면
스스로 떠날 줄을 알고 있습니다

사람들은 늘 걱정과 근심을 만들어내고
스스로 올가미에 갇혀 골머리 아파합니다
이 세상에 걱정거리가 없는 사람은 없습니다

노을에 붉게 물드는 자연을 바라보며
삶의 깊이를 느끼는 순간
삶을 더 가치 있게 살고 싶어집니다

삶이 변화되는 것을 기뻐하게 하소서

부정적 시각으로 세상을 바라보며
우울한 생활을 하는 어리석고 바보 같은
삶을 살지 않게 하소서

삶 속에서 일어나는 기분 나쁜 일들을
하나하나 되새겨 우울하게 보내며
기분 나쁘게 생각하지 않게 하여 주소서

날마다 놀랄 만큼 쾌활하고 꿋꿋하게 하시고
다가오는 모든 어려움들에 굴복함 없이
인내심을 가지고 당당하게 극복하게 하소서

마음속에서 일어나는 불안들을
솔직하게 아무런 꾸밈없이 다 털어버리고
절망적인 일들 속에서 벗어나게 하소서
확실하고 분명한 믿음의 정상을 향하여
조금씩 조금씩 발전하여 나가게 하소서

일이 벌어진 후에는 아무리 화를 내고
신경질을 부려도 소용없으니
실수를 방관하여 평생 후회하지 않게 하여 주시고
어떤 어려움이 닥칠 때에도 발 빠르게
도망치는 비굴함이 없게 하소서

아무런 변화가 없을 때에도
어려움들을 통해 새롭게 변화를 이루며
삶이 변화되는 기쁨을 누리게 하소서

행복 만들기

우리는 지극히 작은 일들 속에서도
행복을 만들 수 있다

날마다 마주치는 사람들에게
차디찬 눈으로 쏘아보며
뼈마디가 시리게 하는 말은
사람들을 달아나게 한다

가슴에 와닿는 친절한 말 한 마디와
따뜻한 미소로
꽉 조여 있던 마음의 문을 열고 다가가면
외면하고 돌아설 사람은 아무도 없다

허겁지겁 정신없이 살아가며
자칫 깨지기 쉬운 우리들 마음이지만
진실한 마음을 있는 그대로 전해주면
누구나 반기며 좋아한다

가식 없는 순수한 웃음이
삶의 길을 밝혀주며
우리들을 행복하게 만들어준다

사람들은 칭찬해주고 돋보이게 해주면
누구나 환영하며 반겨준다

삶이란 지나고 보면

젊음도 흘러가는 세월 속으로
떠나가버리고
추억 속에 잠자듯 소식 없는
친구들이 그리워진다

서럽게 흔들리는 그리움 너머로
보고 싶던 얼굴도
하나 둘 사라져간다

잠시도 멈출 수 없을 것만 같아
숨막히도록 바쁘게 살았는데
어느 사이에 황혼의 빛이 다가온 것이
너무나 안타까울 뿐이다

흘러가는 세월에 휘감겨서
온몸으로 맞부딪치며 살아왔는데
벌써 끝이 보이기 시작한다

휘몰아치는 생존의 소용돌이 속을
필사적으로 빠져나왔는데
뜨거웠던 열정도 온도를 내려놓는다

삶이란 지나고 보면
너무나 빠르게 지나가는 한순간이기에
남은 세월에 애착이 더 간다

너를 만나면
더 멋지게 살고 싶어진다

초판 1쇄 발행 2004년 7월 12일
초판 9쇄 발행 2015년 1월 12일

지은이 | 용혜원
펴낸이 | 한순 이희섭
펴낸곳 | 나무생각
편집 | 양미애 양예주
디자인 | 김서영
마케팅 | 박용상 이재석
출판등록 | 1998년 4월 14일 제13-529호

주소 | 서울특별시 마포구 월드컵로 70-4(서교동) 1F
전화 | 02)334-3339, 3308, 3361
팩스 | 02)334-3318
이메일 | tree3339@hanmail.net
홈페이지 | www.namubook.co.kr

이 도서의 국립중앙도서관 출판시도서목록(CIP)은 e-CIP 홈페이지
(http://www.nl.go.kr/cip.php)에서 이용하실 수 있습니다.
(CIP 제어번호 : CIP2004001237)